胡淑娟截句

胡淑娟 著

截句

●是看見內心意象最深邃的眼睛

4行詩

既然

人生回不去了，

索性向前——

以週率形成一個圓。

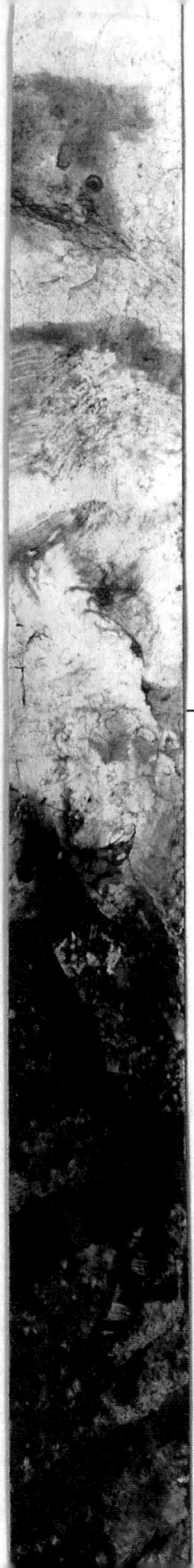

如果
生命是
豐盛的筵席，

死亡
就是
最後
一道
饗宴。

【截句詩系第二輯總序】
「截句」

李瑞騰

上世紀的八十年代之初，我曾經寫過一本《水晶簾捲——絕句精華賞析》，挑選的絕句有七十餘首，注釋加賞析，前面並有一篇導言〈四行的內心世界〉，談絕句的基本構成：形象性、音樂性、意象性；論其四行的內心世界：感性的美之觀照、知性的批評行為。

三十餘年後，讀著臺灣詩學季刊社力推的「截句」，不免想起昔日閱讀和注析絕句的往事；重讀那篇導言，覺得二者在詩藝內涵上實有相通之處。但今之「截句」，非古之「截句」（截律之半），而是用其名的一種現代新文類。

探討「截句」作為一種文類的名與實，是很有意思的。首先，就其生成而言，「截句」從一首較長的詩中截取數句，通常是四行以內；後來詩人創作「截句」，寫成四行以內，其表現美學正如古之絕句。這等於說，今之「截句」有二種：一是「截」的，二是創作的。但不管如何，二者的篇幅皆短小，即四行以內，句絕而意不絕。

說來也是一件大事，去年臺灣詩學季刊社總共出版了13本個人截句詩集，並有一本新加坡卡夫的《截句選讀》、一本白靈編的《臺灣詩學截句選300首》；今年也將出版23本，有幾本華文地區的截句選，如《新華截句選》、《馬華截句選》、《菲華截句選》、《越華截句選》、《緬華截句選》等，另外有卡夫的《截句選讀二》、香港青年學者余境熹的《截竹為筒作笛吹：截句詩「誤讀」》、白靈又編了《魚跳：2018臉書截句300首》等，截句影響的版圖比前一年又拓展了不少。

同時，我們將在今年年底與東吳大學中文系合辦

「現代截句詩學研討會」，深化此一文類。如同古之絕句，截句語近而情遙，極適合今天的網路新媒體，我們相信會有更多人投身到這個園地來耕耘。

目　次

輯一

輯二

輯三

輯四

輯一

攝影：余世仁

蜘蛛是個詩人

蜘蛛是個時間的詩人
分分秒秒　吐詩
結成玲瓏八面的網
順便捕個飛進來的靈感

風

風　找不到
可以落腳的地方
只好在天空的背脊
吹著　有稜線的口哨

月瓷

深夜的蒼穹是圓拱的瓷窯
上了釉彩
再　低溫燒焙
製成一枚溫潤如玉的月亮

迎春

眼瞳震顫
皸裂了黑琉璃
由隙縫中
撲來喧嘩的春色

囚

妳是囚字裡的那個人
四面薄壁
圍著孤獨的身影
卻迴盪著八方楚歌

三月

三月搓揉飛奔的煙雨
紝織成風的絲綢
聽在詩人的耳朵裡
竟是以霧合成的鳥語

棺材與搖籃

棺材是
送走今生最後的一張床
也未嘗不是
迎接來生的第一個搖籃

海

妳嗜好吞浪
怪癖永無法滿足
那些浮起來的泡沫
應該是妳打了幾世紀的飽嗝

靜物

靜物開始
在畫布上描摹自己
數算葡萄
有幾顆紫色的眼睛

心

原本完美的巢
被慾望的蜂兒鑽來鑽去
細細密密的聲音
鏤空了花一樣的小宇宙

塵埃寫的經書

佛低眉
俯視長廊
只有斜射光讀得懂
塵埃寫的一行行經書

裸魚

夢是裸身的魚
泅泳於深夜的海
吸食著無光的寂寞
直至黎明才緩緩退潮

曖昧

霧的指尖
稍稍碰了一下月光
原來與觸電的感覺一樣
都是寂寞的曖昧

信仰

罪是一種邪惡的美麗
靜靜地
轉身洗滌自己
流成一條全然潔淨的河域

郵筒

郵筒的眼睛
望穿秋水
只期待
一封寄給自己的情書

婚姻

以　一紙婚約
摺成了薄薄的幸福
日後卻　被
逆光的雨　淋濕

傷口

歸雁劃傷天空
彤雲流血
每一吋夕光
都是敞開的傷口

發光的魚

生命只是
一尾在水族缸裡
發著微光的魚
啃噬自己吐出來的泡影

灌籃

黑夜是個籃球高手
將一輪明月
灌籃
入迷霧織成的海上

詩之為蛞蝓

詩是一尾寂寞的蛞蝓
獨自迤邐前行
評論家灑了鹹鹹的鹽巴
便化成陽光下的水灘

失戀

失戀絕不像被割去盲腸
那樣俐落
卻像失水的金魚
還在摔碎的玻璃上呼吸

迸裂

寂寞是一株絳珠草
淚珠匯集為晨露
妄想迸裂
三生的靈石

詩人的眼睛

蒼穹躬成一隻巨大的黑貓
星子閃爍她發亮的瞳孔
正尋找
黑夜不一樣的眼睛

寂靜

寂靜應該是個黑洞
吸盡所有的聲音
唯有詩的翅翼
逃了出來

鬼

妳吹起一陣陰風
穿不透黑夜
遂以魂魄推開迷霧
鏤空自己的殘影

求

來到佛的面前
發覺竟然一無所求
於是放下了
籤

古城的月光

妳是一座古城
圍城的潮水
無法拍打妳的寂寞
唯有月光能穿越妳的城垛

長夜

長夜是一張潮濕的濾紙
夢　緩緩浸漬
竟把憂傷的花蕊
暈染成漫漶的月光

青瓷

捏塑，拉坏，上釉，入窯
我是你親手陶製的情人
你心頭輕輕一震
我瞬間感應，出現裂紋

花開月舞

花開的聲音
是喧天的鑼鼓
而明晃晃的月光
正跳著影舞

輯二

攝影：余世仁

全都詩了

萬箭齊發的金光
射中了
一個有霧的早上
全都詩了

分娩

霧開始陣痛
緩緩剝離
黑夜的子宮
黎明便分娩了

爭取自由

妳選擇當一片悲壯的秋葉
即使凋零　墜落
也要撞擊湖的鏡面
讓漣漪的返響如碎裂的玻璃

春天的眼睛

春天的眼睛是盈淚的水窪
若無其事的陽光
輕輕踩過
聽到玻璃碎裂的聲音

生命的砧板

日子千刀萬剮
在身子夠硬的砧板上剁
刻成了
生命一圈圈深及骨髓的花朵

春月

春月是一滴清淚
暈染夜的宣紙
漸次擴散
竟濡濕了遊子的鄉愁

整容

黃昏在河水的額頭
劃了幾條夕彩的皺紋
向晚的風來回拉皮
重整她的容顏

古井

古井只盛接
夜空下
月亮墜落的淚珠
釀成一罈時間的酒

郵

蝶兒只是一枚繽紛的郵票
浮貼於風　透明的翅翼
寄給不具名的花朵
漫山遍野瞬間收到了春天

蝦子

來不及看見
自己走紅的樣子
就死了
只剩沸水替她歡呼

春之聲

石頭割去了喉嚨

只讓

春天激盪的流水

替自己發出琤琮的聲音

春耕

影子是一種濡濕的秧苗
光則是耕作的一群
以　溫柔的風為犁
翻耕睡在田野裡的雲朵

祕密

春天悄悄地
把密碼告訴了風
風飛行的紋理
竟烙印為蝴蝶的彩翼

釣

黃昏的河水

只需要

一隻垂竿

就可以釣起落日

貧窮

冬日直打哆嗦
寫出來的詩
只餵養了
爬滿床單的蝨子

寫詩

慢慢搓揉
雪一樣的文字
就生出
詩的火苗

驚蟄

春神亮一把匕首
刺穿天空
黑暗中的電光
驚動了蟄伏已久的詩蛹

另類抄襲

先　複製古老的魂靈
鑽入一具已死的骷髏裡
再刻畫嶄新的臉皮
就可以投胎轉世

春天的饗宴

雲端的燕兒捎了一封書簡
內藏一個密碼給含苞待放的花
瞬間千朵花香　乘以萬里風光
造就整個春天的饗宴

瀑布

水珠好似紛亂的針繡
排比交叉分層
織成了白色的錦緞
垂掛山谷

醒了

原本是寂靜的春天
卻被競相爭艷的花兒吵醒
連鳥兒吃下肚的種子
也紛紛蹦了出來

種雲

水田只要種一朵雲
春天就會放晴
而收成的
將是油綠飄香的詩意

雨

雨的腳尖
喜歡
在傘的圓形舞台
跳芭蕾

兒時的蜻蜓

蜻蜓是個直升機
薄薄翅翼偽裝螺旋槳
轉動複眼權充雷達
掃描蚊子開的敵機出擊

動輒得靜

光和影在樹蔭下禪坐
每片葉子都是佛的眼睛
見證了花落於水流
動輒得靜的瞬間

回憶

回憶的冰錐
刺入心底的隙縫
呼吸起來
會痛

會飛的春天

女人的雙唇
只微微地一顫
春天就變成蝶翼
飛了出來

詩人之死

妳是　北國森林
最頂尖的針葉
安靜等待一首詩
如　雪一般覆蓋

相思

剝開　大地的殼兒
蹦出春的種子
以光照射萌發的愛苗
放眼全是相思

相思會飛

雲是天上漂泊的浮萍
種滿白色的芽根
慢慢成長
羽化為　會飛的相思

輯三

攝影：余世仁

截春

早晨的日光
站成了一牆的詩
斜射的影子
剛好截出春天的絕句

颶風

海是颶風的胸腹
來往的船隻
如新鮮的魚群
被活生生地吞噬

隱形人

妳喜歡當個隱形人
裁一疋風做衣衫
而飄移的影子
就權充妳的身骨

黎明

微光剖開
東方的喉嚨
從　破了的皺褶裡
擠出細細的鳥聲

射

日子是倉促的箭
拉開歲月的弓
射出了
詩的翅膀

春夢

汗珠乘著
濕淋淋的翅膀
穿透春夜的旋轉隙縫
從　夢的暗沉毛孔飛走

蠹

蠹蟲耙梳蛀蝕的古書
原來通篇
寫的是
時間

求和

妳是冷冽的海沙鋪成了冰床
躺著
我願為熱浪
縫紉千萬條溫暖的被褥為妳蓋上

問

昏鴉問搖曳的夕陽
路的盡頭在哪兒
落日回頭說
往影子的方向飛就到了

裸

死亡是海
只准靈魂裸奔
撲向
洶湧的濤聲

印章

印章有個小小的歸宿
窄得像一口黑色的棺材
躺在盒裡
剛好可以容身

渴

夏夜的星子非常口渴
只為啜飲一杯海洋
浪掀起來了
迎接星子的舌尖

皺紋

歲月流成了
浩浩湯湯的江河
還有幾條魚兒
活蹦亂跳露出了尾巴

紙鳶

且以薄紙　黏貼為妳的羽毛
彩色的風隱形成妳的翅膀
一翻身，假象的自由也墜落
如　斷線一樣脆弱

悟空

鳥終於禪悟

空就是

看到自己變成了一根羽毛

然後消失不見

鷹眼

鷹的眼睛
眶著整片天空
朵朵湧動的彩雲
豢養著空中的玫瑰

流星雨

月是雪亮的匕首

刺碎

流星成

雨

悟

彤雲趺成一朵蓮花
落日靜靜地打坐
頓悟終極而後歸零
死寂而後重生

蝨子

寂寞是隻蜷縮的蝨子
寄生於床褥
卻睡眠品質不好
一直啃咬芳心

螢火蟲

螢火蟲拔高自己
妄想搭上星星的肩膀
以為踮起她的腳尖
便可以看見宇宙

上鎖的天堂

死亡是一把柔軟的鑰匙
將天堂上了鎖
只有　神
才可以隱形進入

命運

命運是株危危顫顫的小草
半截已窒息在泥土裡
另外半截還在空曠的野地
飄搖著風雨

母親

妳曾笑過

像一重山　揹起整個太陽

也哭過

像一座海哭出一枚月亮

誤會

想揮去一隻
非常貼身的螞蟻
卻原來是
一顆不會爬行的黑痣

採夢

月光癡纏著夜色蜿蜒
掩映流觴似的花影
只在潺潺的夢裡漂浮
妳　遂採了一朵

月餅

深秋時分
思念的家鄉
是咬食了
一半的月亮

山中歲月

黃昏拾起石階的鐘聲

裝滿老僧的衲衣

才一回首

月光便注滿了寺中的古井

暴投

黃昏　揚手
暴投了一枚落日
海洋竟然漏接
連黑夜也打撈不著

補丁

心頭的補丁
由　背叛的情人
一針一針縫製著破綻
卻是永遠無法拆線的傷痕

淚滴

墜與不墜之間
眼眶思考著
疼痛的黑瞳竟溢出
打轉

輯四

攝影：余世仁

春愁

月亮是個薄薄的唱盤
鄉愁是輪迴的磁針
在唱槽上
反覆放著一首憂傷的歌

宜蘭印象

如果妳是細雨
那定是被雪削薄的羽毛
如果妳是微雲
那定是被湖水染綠的影子

水染

湖水開了一個染坊
風兒把日月
都印染成
起皺的綠光

千江吞月

千江狂飲流光
只為了
吞一枚月亮
影子還被薄薄的銀刃刮傷

書寫

有一種來自天外的喧囂
激盪
穿越澄明的妳
沈澱為心底的寂然

想必

想必是千年的烈日
煮沸了的浪，才如此滾燙
也想必是萬古的月光
醃漬過的海水，才如此鹹

哭

陽光吐出的蠶絲
織為柔潤潮濕的羅帕
竟為妳乾涸的眼瞳
擰出了雨滴

春遲

新橋彎身
染綠了戲水的鴨影
細柳翻浪
驚動了隱匿的鶯聲

人生

時光的箭
是看不見靶心的
一直盲目地
向日月飛射出去

滴

春天以撩人姿勢
靈魂受不了引誘就融了
弄皺一池水影
連窩藏的鳥聲也滴了出來

休克的詩

靈感眩眩然
暈倒
在某一行的剎那
詩，休克

生命

生命太短
總是那麼一瞬間
如蛺蝶吻了莊生的夢
又眨眼　離開

黃昏

在天堂的入口

我為妳守候

鮮血是一種獻祭

潑灑滿天的秋紅

鏤

時間就是細小的蟲子
分分秒秒
以毫芒的細刻
鏤空生命的金葉

妳懂了，夕鶴

夕陽浸染一抹淡彩

妳懂了

默默飛來的鶴

是秋水無意間的留白

雨

烏雲抬起了腳步
追趕日光
卻踩空滑了一跤
逕自從天墜落

禪

黎明醒了
一絲絲滲入禪房
但見雀兒倒懸於窗櫺
啄食晨光的碎粒

想

蝶翼載得動一顆露珠
飛，因為陽光給她輕功
花魂落地驚聲，喊痛
因為雨很重

夏令營

夏夜是個收攏的寶瓶
是誰
無意間撞翻
將星砂潑灑整個夜空

雲雨

雲　轉身
為憂鬱的飛鳥
雨則是姍姍墜落
哭泣的羽毛

日光的金帚

影子的腳趾
一直跳來跳去
深怕被日光的金帚
掃走

聽風

妳聽　風睡著了
在夢中
桃花織了一場雨
墜落，痛

偈

生命是一朵蓮
死　則是
暫時睡著了的她
還會有清醒的明日

春綠

春天綠了
花的容顏正飛颺
蟲蠕　蛹動　蛙鳴　鳥叫
每個生命都找到了她的出口

初春

流冰悄悄浮出水面
洗盡冬日之殘念
只是探頭問了一聲
初春已孵化否

湖水的眼睛

湖水睜開清澈的眼睛
倒著看魚兒
以為吐出的泡沫
是逆勢上升的雨珠

春天的逗號

春天斜倚著枝頭
恍然大霧
原來迷濛的小鳥
是自己畫的逗點符號

冬

妳是一片落葉
隨凜冽的旋風急轉而下
聆聽　雪中垂死的天鵝
哀哀悲鳴

浸

雲朵飄過湖水
投下疏落的影子
淺嚐初春
融雪的餘燼

記花蓮震殤

春神於荒野翻身
刨挖鬼塚裡的雪花
只留洄瀾的月光
療癒著浮動的暗傷

語言文學類　截句詩系17　PG2105

胡淑娟截句

作　　者 / 胡淑娟
責任編輯 / 林昕平
圖文排版 / 周好靜
封面原創設計 / 許水富
封面設計 / 蔡瑋筠

發 行 人 / 宋政坤
法律顧問 / 毛國樑　律師
出版發行 / 秀威資訊科技股份有限公司
114台北市內湖區瑞光路76巷65號1樓
電話：+886-2-2796-3638　傳真：+886-2-2796-1377
http://www.showwe.com.tw
劃撥帳號 / 19563868　戶名：秀威資訊科技股份有限公司
讀者服務信箱：service@showwe.com.tw
展售門市 / 國家書店（松江門市）
104台北市中山區松江路209號1樓
電話：+886-2-2518-0207　傳真：+886-2-2518-0778
網路訂購 / 秀威網路書店：https://store.showwe.tw
國家網路書店：https://www.govbooks.com.tw

2018年10月　BOD一版
定價：240元

國家圖書館出版品預行編目

胡淑娟截句 / 胡淑娟著. -- 一版. -- 臺北市 : 秀威資訊科技, 2018.10

面； 公分. -- (語言文學類)(截句詩系 ; 17)

BOD版

ISBN 978-986-326-618-1(平裝)

851.486　　107017560

讀者回函卡

感謝您購買本書，為提升服務品質，請填妥以下資料，將讀者回函卡直接寄回或傳真本公司，收到您的寶貴意見後，我們會收藏記錄及檢討，謝謝！

如您需要了解本公司最新出版書目、購書優惠或企劃活動，歡迎您上網查詢或下載相關資料：http:// www.showwe.com.tw

您購買的書名：________________________________

出生日期：________年________月________日

學歷：□高中（含）以下　□大專　□研究所（含）以上

職業：□製造業　□金融業　□資訊業　□軍警　□傳播業　□自由業

□服務業　□公務員　□教職　□學生　□家管　□其它_____

購書地點：□網路書店　□實體書店　□書展　□郵購　□贈閱　□其他

您從何得知本書的消息？

□網路書店　□實體書店　□網路搜尋　□電子報　□書訊　□雜誌

□傳播媒體　□親友推薦　□網站推薦　□部落格　□其他__________

您對本書的評價：（請填代號　1.非常滿意　2.滿意　3.尚可　4.再改進）

封面設計____　版面編排____　內容____　文／譯筆____　價格____

讀完書後您覺得：

□很有收穫　□有收穫　□收穫不多　□沒收穫

對我們的建議：________________________________

____

____

____

請貼
郵票

11466
台北市內湖區瑞光路 76 巷 65 號 1 樓
秀威資訊科技股份有限公司 收
BOD 數位出版事業部

（請沿線對折寄回，謝謝！）

姓　　名：＿＿＿＿＿＿＿＿　年齡：＿＿＿＿　性別：□女　□男

郵遞區號：□□□□□

地　　址：＿＿＿＿＿＿＿＿＿＿＿＿＿＿＿＿

聯絡電話：（日）＿＿＿＿＿＿＿＿（夜）＿＿＿＿＿＿＿＿

E-mail：＿＿＿＿＿＿＿＿＿＿＿＿＿＿＿＿